La petite imagerie

L'HÔPITAL

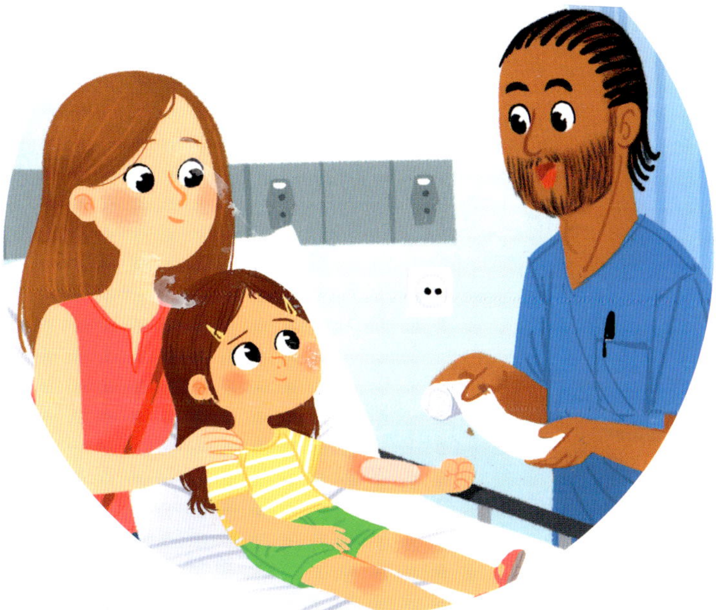

FLEURUS

Médecin et hôpital

Quand on a un petit rhume ou que l'on s'est fait mal et qu'on ne peut pas guérir tout seul, on va chez le médecin. Mais quand c'est plus grave ou que le médecin ne peut rien faire, il y a l'hôpital.

Lorsqu'on ne sent pas très bien, on va voir son médecin traitant. Il nous connaît et sait souvent dire ce qui ne va pas. S'il pense que c'est utile, il peut nous envoyer à l'hôpital.

L'hôpital est un très grand bâtiment. Plein de médecins y travaillent.
Ils sont spécialistes de certaines maladies et très doués pour les soigner.

Les virus transmettent les maladies. Certains sont dangereux. Bien se laver les mains est important pour ne pas les attraper et éviter d'aller à l'hôpital.

Il faut y aller !

On va à l'hôpital pour se faire soigner ou pour rendre visite à une personne malade que l'on connaît. Il y a plein de raisons qui mènent à l'hôpital.

Lorsque quelque chose de très chaud touche la peau, c'est une brûlure. Elle peut être grave si elle est grande ou profonde.

Quand on a très mal au ventre et qu'on vomit beaucoup, ça peut être une crise d'appendicite. Cela se soigne à l'hôpital.

En se cognant ou en se coupant avec un objet pointu par exemple, on peut saigner beaucoup. Il faut parfois recoudre la blessure.

Après une chute, même si on ne saigne pas, on peut aller à l'hôpital pour être sûr qu'on n'a rien de cassé.

Aïe ! Après une piqûre d'insecte, si la peau gonfle beaucoup et devient très rouge, c'est peut-être une allergie qu'il faut rapidement arrêter.

L'hôpital est aussi l'endroit où naissent les bébés ! L'accouchement est fatigant mais les parents sont heureux.

En route !

Si l'on n'est pas trop mal en point et que l'on peut marcher, on va à l'hôpital à pied ou en voiture. Mais quand la blessure est grave ou que l'on ne peut pas se déplacer, le transport se fait en ambulance.

Pin-pon, pin-pon...
On entend la sirène : l'ambulance arrive !

L'ambulance est blanche ou rouge. Elle a des gyrophares bleus.

On appelle une ambulance en cas d'urgence. C'est important de connaître les numéros à composer ! En France et en Europe, on peut téléphoner au **15**, au **18** ou au **112**. Au Canada, c'est le **911**.

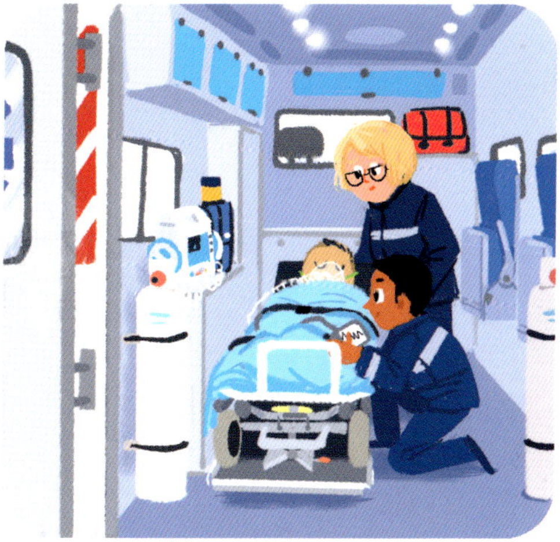

Une ambulance est comme un mini-hôpital roulant. À l'intérieur, elle est équipée pour donner les premiers soins.

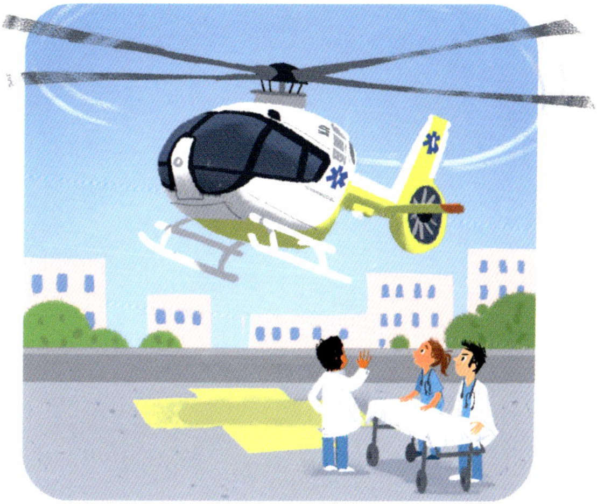

Les blessés graves peuvent parfois être amenés à l'hôpital en hélicoptère. Il se pose sur le toit où les soignants l'attendent.

Le service des urgences

L'hôpital est ouvert jour et nuit. On dit que les blessés et les malades vont « aux urgences ». Ils patientent dans une salle d'attente ; les infirmiers examinent d'abord ceux qui ont besoin d'être soignés très vite.

Une blessure à la tête qui saigne beaucoup : le blessé passe en priorité !

Pour détecter une maladie, le médecin des urgences pose des questions et peut faire passer différents examens.

Parfois, pour comprendre ce qui ne va pas, il faut faire pipi dans un flacon. Le pipi est ensuite étudié dans un laboratoire.

Analyser le sang donne des d'informations. L'infirmier en prélève un peu lors d'une prise de sang.

Pour savoir si le sang circule bien dans le corps, on mesure la tension à l'aide d'un brassard qui se gonfle.

Les examens

Pour faire certains examens, les médecins ont besoin de machines, plus ou moins grosses. On les trouve toutes à l'hôpital ! Elles ne font pas mal et permettent de comprendre ce qui ne va pas dans le corps.

Pendant un scanner, on est allongé et la machine tourne autour de nous. Elle prend des photos d'une partie du corps : le cerveau, l'abdomen...

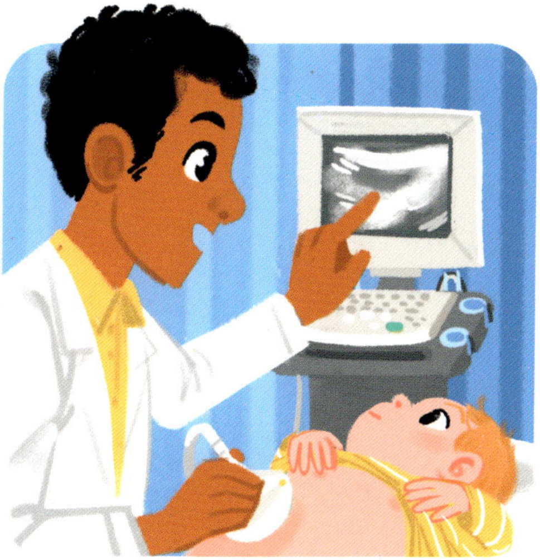

Avec l'échographie, on peut voir directement les organes en déplaçant sur la peau une caméra reliée à un écran.

L'électroencéphalographe enregistre l'activité du cerveau grâce à des pastilles, appelées électrodes, que l'on place sur la tête.

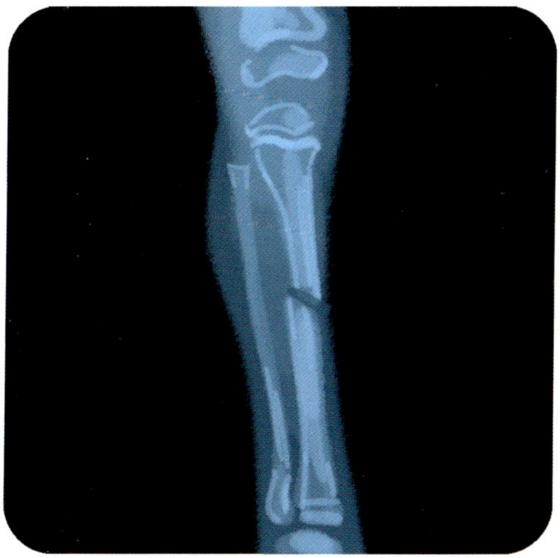

La radiographie prend une sorte de photo en noir et blanc du squelette. Cela permet de repérer un os cassé.

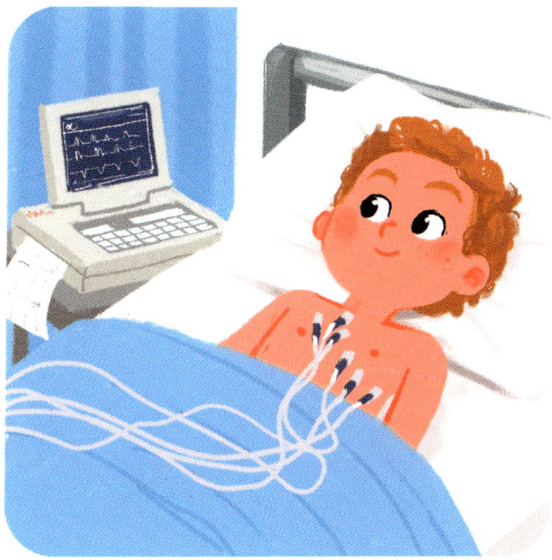

L'électrocardiographe permet d'obtenir sur un écran un genre de dessin qui montre si le cœur fonctionne bien.

Les soins

Après les examens vient le moment de se soigner. Les médecins établissent un diagnostic pour savoir quels soins vont être réalisés. Ils peuvent donner des médicaments ou faire des actes un peu plus compliqués.

Sur une brûlure, l'infirmier met de la pommade pour cicatriser puis pose un pansement. Ça va déjà mieux !

Si la radio a montré un os cassé dans le bras ou la jambe, il faut poser un plâtre.
Cela permet de maintenir le membre du corps dans la bonne position,
le temps qu'il se répare. Ça peut prendre plusieurs semaines !

Pour refermer les blessures qui saignent beaucoup, il faut parfois
recoudre la peau avec du fil, des agrafes ou de la colle spéciale
(pas celle qu'on a à la maison !). On guérit plus vite ensuite.

Les opérations

Pour guérir, il faut parfois être opéré. L'opération se pratique dans un bloc opératoire. Pour ne pas avoir mal, on est endormi : c'est l'anesthésie. Toute une équipe est présente pour que tout se passe bien.

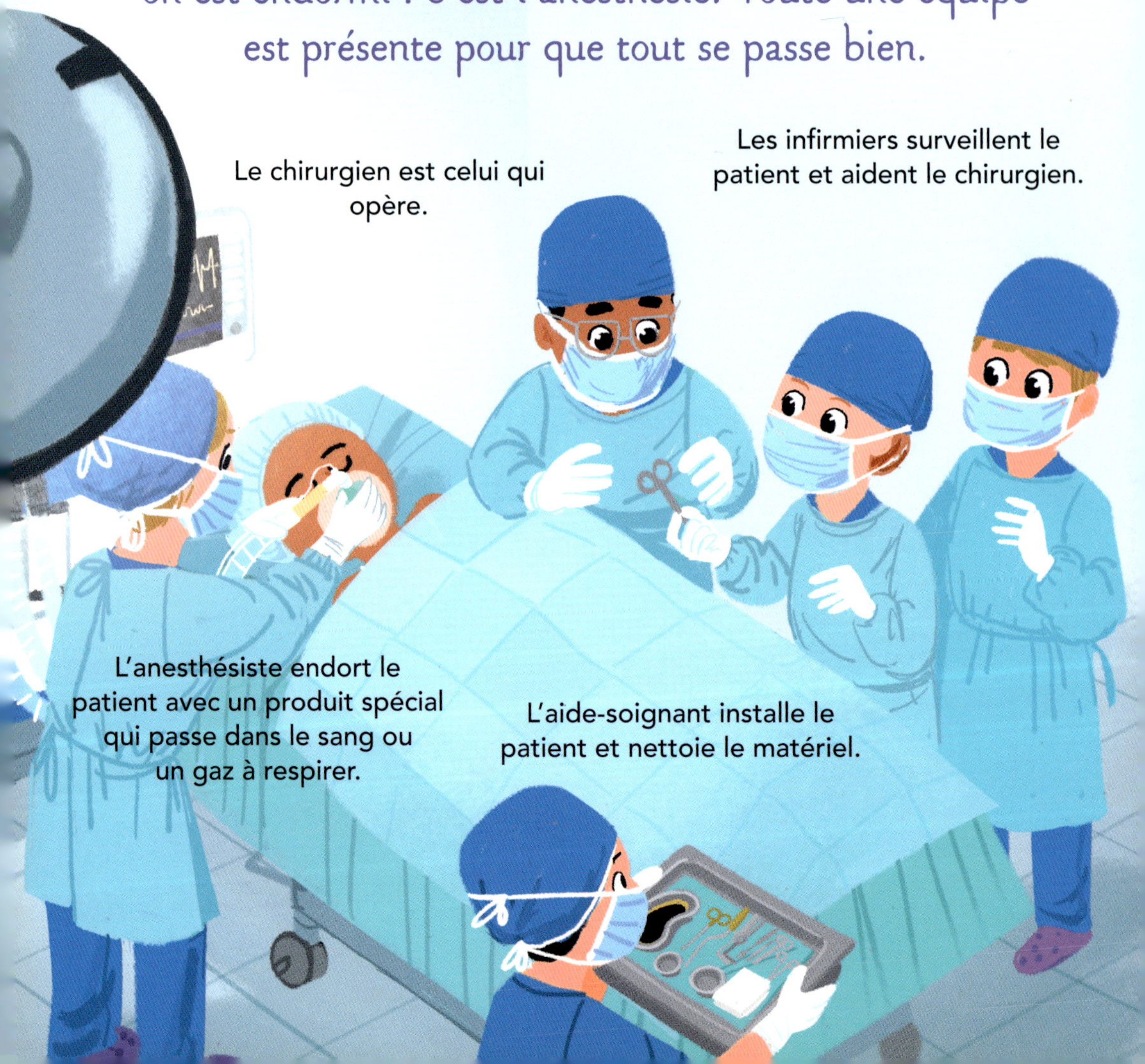

Le chirurgien est celui qui opère.

Les infirmiers surveillent le patient et aident le chirurgien.

L'anesthésiste endort le patient avec un produit spécial qui passe dans le sang ou un gaz à respirer.

L'aide-soignant installe le patient et nettoie le matériel.

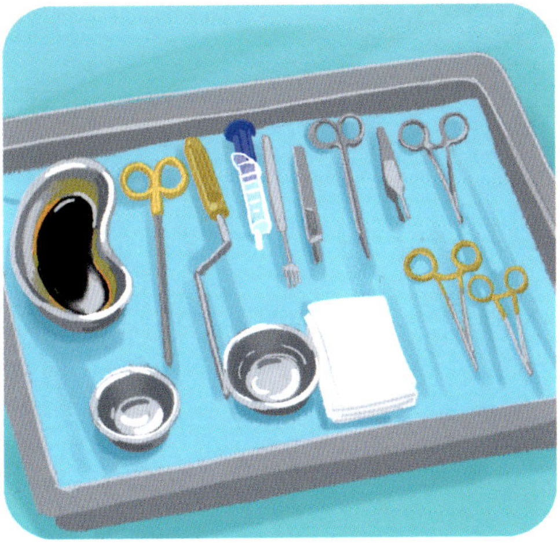

Tout le matériel de l'opération est stérilisé, c'est-à-dire nettoyé et désinfecté pour ne pas transmettre de microbes.

Tous ceux qui sont présents portent un bonnet spécial, des gants et un masque qui recouvre la bouche et le nez.

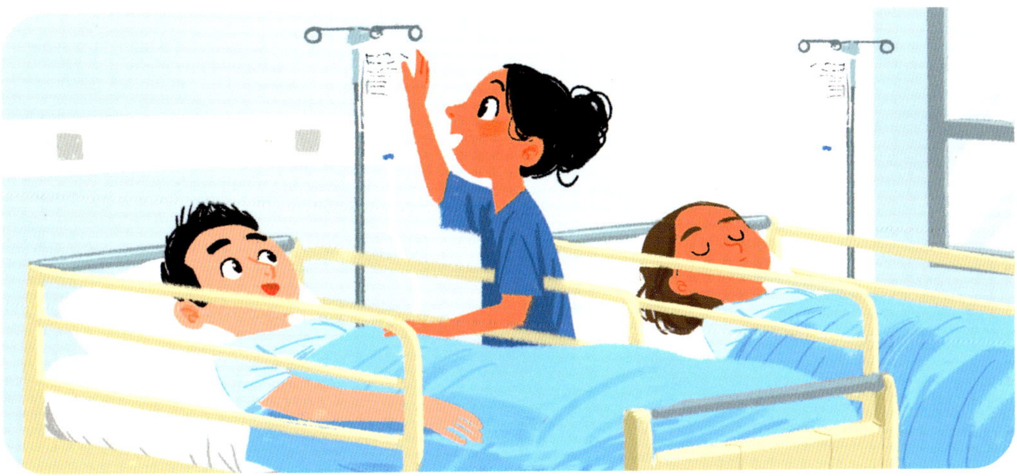

Après l'opération, on est amené en salle de réveil. Quand on ouvre les yeux, on peut se sentir faible ou avoir un peu mal. C'est normal et ça passe après quelque temps.

Rester à l'hôpital

Après une opération ou si l'on est très malade, on peut rester plusieurs jours, voire des semaines, à l'hôpital. On partage souvent sa chambre. Le médecin passe tous les jours pour vérifier comment on va.

Pour se sentir comme à la maison, on peut amener des peluches ou accrocher des dessins au mur.

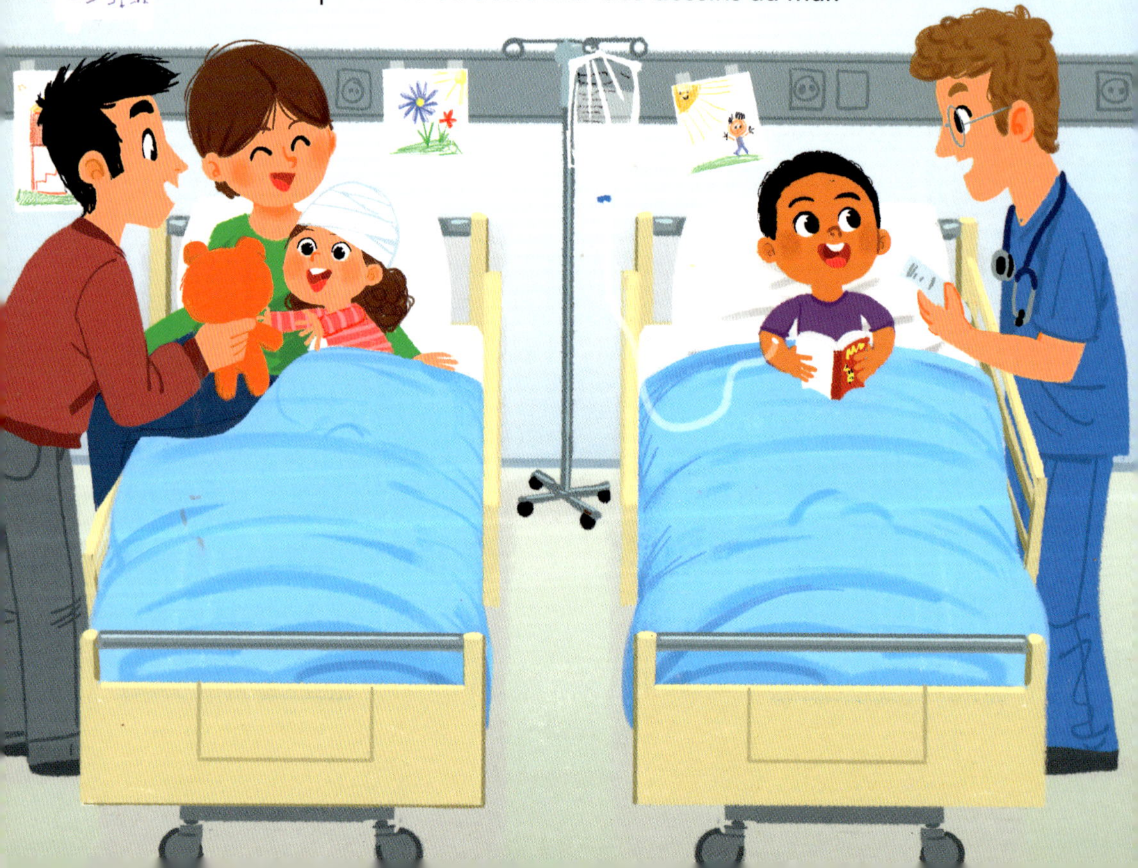

Dans la chambre, il y a un espace avec une douche, des toilettes et un lavabo.

Un aide-soignant apporte les repas. On mange dans son lit, sur un plateau.

Un infirmier vient souvent contrôler la température, changer les pansements ou donner des médicaments.

Normalement, on peut avoir des visites la journée et, la nuit, les parents peuvent rester dormir à côté de nous.

Jeux

Sur cette scène, montre le chirurgien,
l'anesthésiste et les infirmiers.

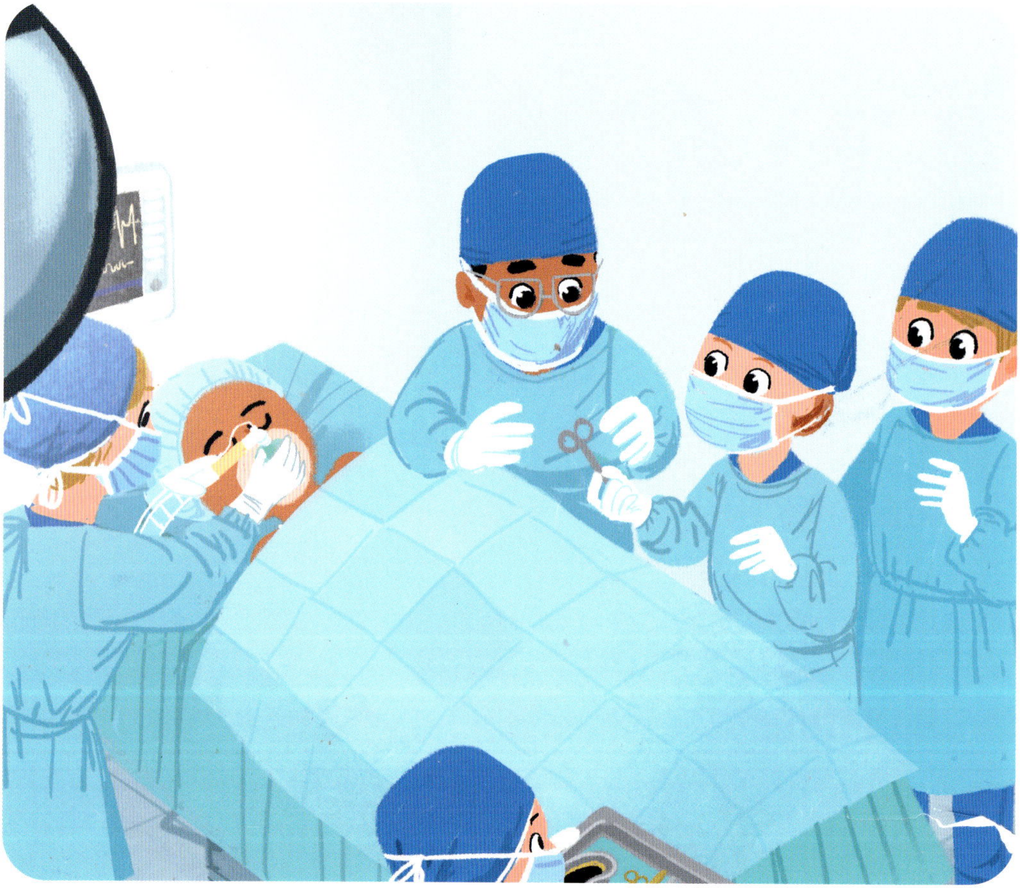

De temps en temps, des clowns ou des musiciens peuvent même venir présenter un spectacle à l'hôpital !

Si on reste très longtemps hospitalisé, une maîtresse ou un maître peut venir faire la classe.

Lorsqu'on est guéri, ça y est, c'est le moment de quitter l'hôpital ! Avant de retourner à la maison, on remercie ceux qui nous ont soignés et qui ont pris soin de nous.

Jeux

Sur cette scène, montre le chirurgien,
l'anesthésiste et les infirmiers.

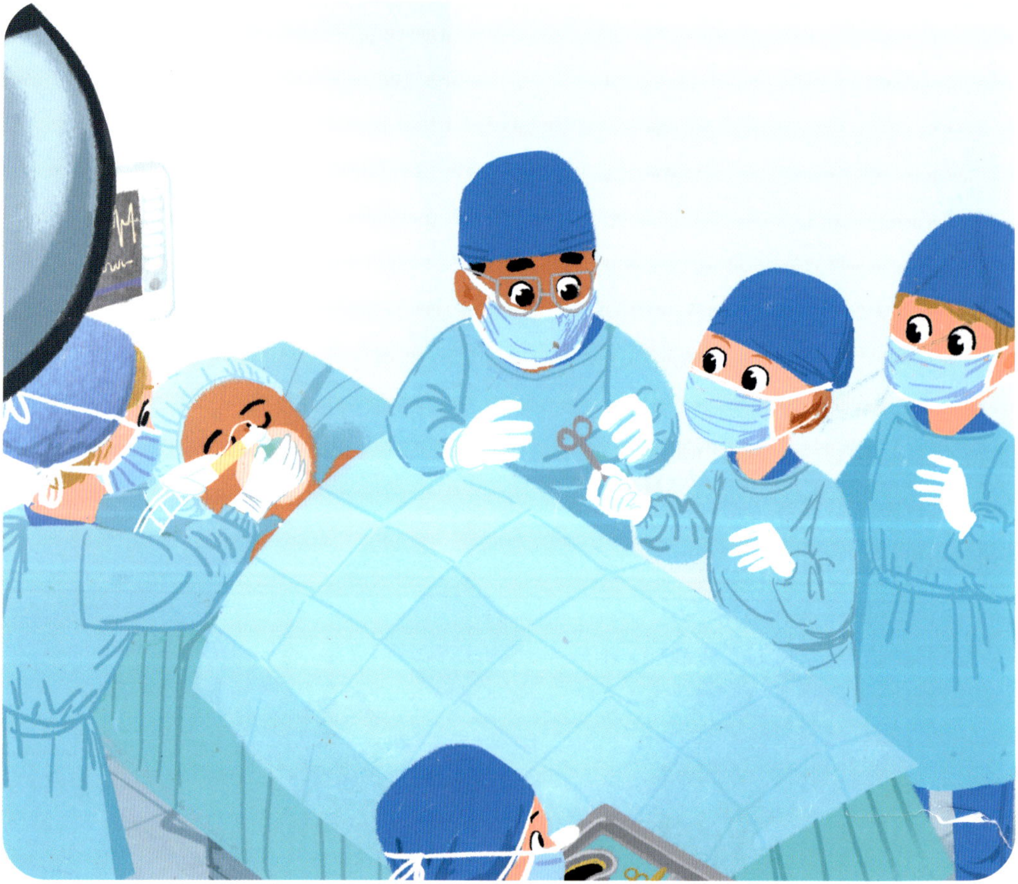